白甫易

一著一

NI●
泥

XIANG●
香

北方联合出版传媒（集团）股份有限公司

春风文艺出版社

·沈 阳·

图书在版编目（CIP）数据

泥香／白甫易著. —沈阳：春风文艺出版社，
2019.12（2021.1重印）
（中国诗人）
ISBN 978－7－5313－5713－1

Ⅰ.①泥… Ⅱ.①白… Ⅲ.①古体诗—诗集—中国—
当代 Ⅳ.①I227.7

中国版本图书馆CIP数据核字（2019）第267440号

北方联合出版传媒（集团）股份有限公司
春风文艺出版社出版发行
http://www.chunfengwenyi.com
沈阳市和平区十一纬路25号　邮编：110003
永清县晔盛亚胶印有限公司印刷

责任编辑：韩　喆　　　　　　责任校对：于文慧
装帧设计：琥珀视觉　　　　　幅面尺寸：125mm × 195mm
印　　张：5.75　　　　　　　字　　数：109千字
版　　次：2019年12月第1版　印　　次：2021年1月第2次
书　　号：ISBN 978-7-5313-5713-1
定　　价：48.00元

序

他就这样听见了白鹭的翅膀

黄亚洲

诗人白甫易将他的诗集定名《泥香》，显见是取自诗集中《雨后》那首的"窗外垄上晶晶珠，泥香忽然入床来"句。当然，这泥香的飘起，也与水有关，是"好雨当春"的意思，但通观全篇，我以为，说是泥香，不如说是水香，在我看来，水的浓郁的香气与韵味弥漫了整整半部诗集。

白甫易与水，更准确地说，是白甫易与游泳，两者之间有一种交融到极致的感觉。诗集中的四十九首游泳诗，如《泳痴》《逍遥游》《泳之乐》《大梅沙夜泳》《泳趣》《春泳》《秋泳》《冬泳》《冬海泳》《雪泳》《雨泳》《雷电泳》《歌泳》《月泳》《夕泳》《清风泳》，一概翻腾着游泳中啪啪的水声或者哗哗的水声；甚至四十九首游泳诗之外的篇什，如《渡江》《月亮雨》《湖海》，读者也能从中听见水花肆意的飞溅。其缘由，也皆是白甫易挥动双臂所致。

后来某次与白甫易见面聊到此事，原来水对这位诗人来说有一种神圣感，他的那份感觉，远超了我们一般以为的"智者乐水"的概念。他这一辈子，就喜欢水，喜欢在水里扑腾，喜欢水的晶莹剔透与善解人意，甚至每次游泳时他都有意喝几口他拍动的水，也甚至，下水后要首先闭眼默默念上几句，先让自己走入童话般的境界。他忽然很感慨地对我说，"我简直认为水就是我的母亲"。

这个观点倒是符合我的想象。不错，我们都是从母腹的水里游到这个世界上来的。

我说以上这些话，是想引出下面这个意思，也就是，白甫易之所以想到要写诗，也是由于他在水中找到感觉的缘故。他记得很清楚，那源于一种不可抑制的欲望，那是非常别致的一天。

那次写诗的冲动，就来源于他在水的中央，就由于他仰面躺在水晶般的平面上，就由于深蓝色的天空与雪白的云朵，以及一阵阵带着花香与水汽的清风，依次环绕着他；甚至，那一刻，他看见了几千只，注意，是几千只而不是几百只，几千只纯洁的白鹭从天边像雪片一样落下，又从湖面雪浪一般舞蹈而起。

他突然就有了写诗的冲动。

他说，这种无法形容的美好感觉，怎么能不用诗来描述呢？此时此景，世间也只有诗歌这种方式才能承载这一感受。

于是，白甫易写了他人生的第一首诗。

我甚至怀疑，白甫易这个笔名，也是他那一刻临时想出来的，那一刻他太需要自己是一个诗人了，一个李白还不够，还要搭上一个杜甫和一个白居易。

杭嘉湖水乡的波浪与白鹭把他变成了一个诗人。

从此一发不可收，就像迷上游泳一样，他也就此迷上了诗歌里的韵味。他总是在诗歌里看见白鹭的翅膀。

结论是显而易见的：诗对于诗人而言，或者说，文学对于作家而言，都是以一种最自然的状态流泻出来的，而不是硬憋出来的。如果是硬憋的，那斧痕就重，大家都能看得出来，也都念不下去。

白甫易以一种最自然的近乎喷薄的方式，拥抱了诗歌，这也许是最叫人欣慰的一件事情，对读者是这样，对他本人也是这样。

这样的作品是接地气的。

早前有一次，他与我们到访的作家交流，那一次并没有直接谈及诗歌，只是谈了他在当地干事创业的思路与感受，听起来已有诗歌的味道，让人感觉他是个思想上的理想主义者与实践中的完美主义者。

这又引出了一个结论，一个骨子里向来有文学元素涌动的人，即便他那个时候不是诗人，他也在他日常的烦琐工作中，努力地堆砌诗歌了。反过来也可以说，一个在繁忙的日常生活中向往诗歌境界的人，很容易在一次机缘巧合中，成了一个名副其实的诗人。

我们在这部诗集中，也看见了白甫易在江南水乡，或者是在他游历中西、遍访千山万水时的各种情感抒发。这些抒发都是自然而然流出来的，因为他总能在各种场合发现白鹭的翅膀。

虽然白甫易在这部诗集里捧出的都是旧体诗，篇幅小，句式有限，但是容易呈现在白话自由诗中的那种汪洋恣肆，也能在他的作品里感受到，时不时使我们惊异。

譬如这些句子，"青山劝我纵情游""镜湖隐约三飞燕""谁家喜鹊唱云天"，意境深远，读者能走得进去。

观白甫易写的一首《创作》，也很有意思："坚苦卓绝君知否，众人熙熙我独忧。为遣一词夜无眠，好诗浑成销万愁。"作品写出了文学作者的共同心态。

为遣一词夜无眠，确实，大家经常这样啊。

不过，希望我们这些摆弄文字的人，不要经常"夜无眠"，尽管行走于文学的殿堂步步都是神圣的，也知道，李白、杜甫与白居易的步姿是很难学的。

写下这段文字，是希望彼此共勉。

毕竟，文学创作的路还长着。

白鹭还在远处落下又飞起，我们与白甫易一样都看到了。我们在生活中，还都须继续保持这种健康与敏锐的文学姿态，不管是沁人心脾的泥香还是水香，我们都要继续嗅闻，且乐此不疲。

黄亚洲，第八届全国人大代表、中共十六大代表、第六届中国作家协会副主席、第六届浙江省作家协会主席，为中国鲁迅文学奖得主。现任中国电影文学学会副会长、中国作家协会影视委员会副主任、《诗刊》编委。

目 录
CONTENTS

目　录

CONTENTS

目 录
CONTENTS

目　录

CONTENTS

目　录
CONTENTS

目　录
CONTENTS

目　　录
CONTENTS

终南山行

目　录
CONTENTS

目　录
CONTENTS

目　录
CONTENTS

目　录
CONTENTS

目 录
CONTENTS

目　录
CONTENTS

目 录
CONTENTS

目　录
CONTENTS

目 录
CONTENTS

目　录

CONTENTS

目　　录
CONTENTS

目　录
CONTENTS

目　录
CONTENTS

西　湖

天下山水难胜数，千年偏爱西子湖。

无非自古繁华地，更兼诗家白与苏。

雨　后

好雨当春万象新，燕舞鹊歌闹绿林。

窗外垄上晶晶珠，泥香忽然入床来。

泛　舟

款款扁舟踏青波，锦鲤翩跹献婀娜。

玉带婉转勾湖海，万千华灯摇红火。

垄 上 行

东风初来碧波鲜，梅花含笑晨露凝。

竹林溪畔鸭戏暖，谁家喜鹊唱云天。

渡 江

富春浦阳汇钱塘，东江嘴头品浩荡。

吴家渡口宜畅泳，且诗且歌赴桃源。

高 铁

日行千里越从容，饱览河山笑谈中。

南疆白雪染湖海，北国艳阳照碧空。

有　感

立夏时节俗事繁，暮达京都晨维扬。

柳絮纷飞落花雨，犹记金农归钱塘。

魔　笛

久闻龙井有殊胜，今夜果然遇真人。

勇若神箭飞千里，柔似绵针夺命门。

骑　游

万千选手聚浙江，欲觅唐诗赴新昌。

百里山水诗横溢，浩荡从容向长安。

贺 双 节

盛世又逢佳节来，亿万人民乐开怀。

碌忙未必成功德，问道日月观自在。

立 春

莫干翠微残雪浓，湖上天鹅爱寺钟。

雀舞松枝闹新岁，初阳依依别寒冬。

长岛晨步

喜雨轻掠百鱼楼，花木争春菰城秀。

郁金香海泛湖天，布谷声声催行舟。

夜 行 客

夜半栖霞岭上走，将军墓前忆故旧。

卧石仰望树月近，登塔极目江海舟。

无 眠

月照西湖静，茶润红尘清。

抚琴闻幽远，焚香参古今。

朵 云

雨掠青山分外清，碧空爱留一朵云。

虎潭戏水胜瑶池，镜湖隐约三飞燕。

神　龙

风生涟漪荡天涯，光照万物催奋发。

驾得神龙逛沧海，揽月擒鲨一壶茶。

天　恩

细雨蹒跚临安城，元宝湖水宴客人。

松竹伺候翠鸟舞，云雾香海谢天恩。

故　乡

浴兰时节归故乡，晨登仙山龙舟湾。

相邀童伴竞水渡，笑谈少年醉雄黄。

雨 晴

夏雨过后天晴好，山色湖光宜拥抱。

人恋水兮水爱人，碧波浪里证大道。

如 蓝

赫灵神秀甲江南，潜玩湖水绿如蓝。

轻雾娉婷锁黛峰，映月朝霞流紫光。

水 仙

莫干山畔水仙坞，竹海无涯接天目。

桃花万瓣聚红英，凉风碧波忘酷暑。

仲 夏

仲夏夜泊金鸡岭，举手可摘满天星。

山泉爱偕百草香，清风遥寄万里情。

大 龙 池

雪里云杉百千重，万年湖泊天山中。

风劲浪涌碧池寒，急流勇进须从容。

云 雀

黑云滚滚袭孤城，暴雨急急如倾盆。

雷电千里云雀舞，滔天浊浪挟游圣。

甘 岭

赤日炎炎上甘岭，仰望娘娘山秀清。

暖风细浪金蝉噪，凌波微步聚红蜓。

立 秋

夏夜凉风掠荡漾，野鸟腾欢啾声远。

碧穹闪烁迎秋来，流星天际传遐想。

台 风

夏日过后多事秋，台风总爱东南溜。

珊珊道别摩羯来，劈波斩浪快哉游。

荷　塘

秋来清香满荷塘，风吹岸柳叶渐黄。

雨打莲蓬野鸟起，人潜绿波红鲤欢。

归　乡

双龙洞前秋雨霏，子夜湖里好友会。

总是故地风情好，清风明月不忍归。

月　圆

夜深山清水更秀，风偕彩云漫天游。

仙雾袅娜客自舞，皓月流金耀婺州。

月　出

杨庄荷花别样红，风卷草香秋渐重。

惊喜东山月出时，银光普照炫大同。

梦　长　安

昨夜秋梦遇长安，倾城锦绣百花香。

宫阙楼市棋盘布，旌旗遮天映大唐。

文人侠客醉歌舞，帝王臣民共狂欢。

泱泱大国万国贺，盛世传奇耀宇寰。

秋　阳

碧天荷叶万千重，青山含笑夕阳浓。

玉带桥畔童骑树，鱼翔蝉鸣竞从容。

午 休

白露时节日当空，微风送爽人水融。

耆阇寺前彩旗飘，波罗揭谛太平颂。

好 友

昆仑山下有好友，不辞万里访故旧。

如来捧出太湖水，万顷碧波任自流。

晨 雾

昨夜雷雨洗菰城，牟山缥缈秋雾横。

玉泉温润晶晶色，鱼跃人欢度良辰。

人　间

夹岸青山十三重，云腾雾缭大皆空。

鸡犬之声偶相闻，天上人间水一统。

月　亮　雨

秋分细雨夜朦胧，狮山敦厚苍莽松。

卧波仰望青云渡，明月羞涩露真容。

中　秋

闲坐晚亭览中秋，嫦娥隐约善绸缪。

待到彩云归去时，倾国倾城江河休。

夜 客

夜半有朋自桐乡，钓台吟唱澎湖湾。

弁山野行暗香袭，碧波畅游醉光寒。

桃 谷

叠嶂延绵架浙皖，秀水泆泆诞风浪。

桃花今夜访古寺，翡翠湖卧享月光。

径 山 行

千年故道信步游，翠竹浩荡望秋收。

半山亭台茶香清，东坡砚池悟去留。

御碑残存笑谈过，龙临凤舞贺万寿。

双径归堂五峰笑，世人皆可大德修。

真　人

百忙人生觅一闲，散淡红尘云水间。

浩然正气须静养，勿羡荣华自成仙。

从　政　歌

漫漫征途多险滩，阴晴圆缺易变幻。

勤政为民心无愧，廉洁做人合家欢。

能者横扫万千敌，富强繁荣百业旺。

德化众生须躬行，法宏天下葆永康。

共治犹如风化雨，国泰民安贺吉祥。

勿忘初心梦常在，慎始善终好还乡。

湖　州

绿水青山摇篮，休闲度假天堂。

欲问君归何处，梦系太湖之南。

金　山

帝乡佛国访寿圣，金山丹桂涤红尘。

往事千年双杏记，相得禅茶觅慧根。

望　秋

秋山秋水秋意浓，秋风秋浪秋波动。

笛扬幽谷飞鸟静，翩跹红叶若迷踪。

傲　菊

西塞山前金谷香，九九相逢叙重阳。

若非陶令辞官去，哪来秋菊傲群芳。

蟹　满

傍晚携友登弁山，菰城秀色丹桂香。

数杯乌程夕阳醉，回眸秋蟹满湖岸。

雅　聚

秋月弯弯夜阑珊，上石庐里度重阳。

宝墨含笑染寸心，人间自有情义暖。

灵　峰

安且吉兮灵峰娇，北天目山储国宝。

九祖德行归净土，莲花池畔喜鹊闹。

乌　镇

运河千年流芳华，才子佳人帝王家。

盛世偏逢热闹事，小镇美名甲天下。

濮　院

时尚名镇数第一，豪宅大院贵府第。

行路常闻西洋语，街巷偶遇皆佳丽。

盛　会

一节一会年年有，大咖云集聚元首。

无数明星从此升，诗和远方兼丰收。

湖　海　行

春申战国修菰城，海上湖畔润大亨。

推翻帝制首功在，勇立潮头看今人。

楼　外　楼

南太湖畔麒麟楼，烟波浩渺赛瀛洲。

杨柳曼妙朝君舞，月影婆娑随风流。

今日三首之六团赞

几度春秋苕溪流，六团铁军战湖州。

赶超途上多捷报，再立新功试身手。

今日三首之夜来香

新疆万里送全羊，菰城草地露芬芳。

明月爱伴有情人，道声珍重天地长。

今日三首之神仙庄

碧波荡漾月朦胧，山林依稀梦幻中。

芦苇浩荡向天际，残荷连绵秋香重。

履新之继往

风雨兼程政途走，二省五地十方留。

世间百态一笑过，勇立潮头再抖擞。

南　郊

漫步南郊望金秋，山水人文呈锦绣。

潜龙一旦腾飞时，道场浩荡惊九州。

子　夜

如梦似幻乌托邦，大街小巷为戏狂。

星月朗照运河静，子夜爱读美文章。

望　秋

参差乡舍隐竹园，鱼翔浅底逐荷塘。

茶山起伏望不尽，谷穗金灿遍地黄。

农　村

青山绿水伴乡愁，诗画田园庆丰收。

长治久安享太平，万紫千红乐悠游。

农　业

国泰民安头一号，幸福全赖好禾苗。

独木难成锦绣林，集成方能行大道。

农 民

含辛茹苦九万年，今朝翻身舞翩跹。

全面小康非易事，须知此事最关键。

金 庸

纵横驰骋乾坤大，侠肝义胆世代夸。

武林从来轻生死，笑看春枝绽新芽。

何 方

宝石山下杭大南，西湖仅隔一重山。

雅室专谋文旅事，妙笔尽绘诗画乡。

梁　园

水清山绿森林好，孔雀飞舞凤凰叫。

夜来百虎伴客眠，晨闻千鹭唱逍遥。

古　今

竹海碧浪六都齐，当年武帝传佳话。

古道通天遇行者，四方堂前奉禅茶。

光　南

大爱无声付家国，词曲有情动山河。

多少魂梦追屈原，激荡岁月当高歌。

周 总 理

斯人逝去举国痛，江海山川皆动容。

古来贤人有多少，犹如明星耀苍穹。

创 作

艰苦卓绝君知否，众人熙熙我独忧。

为遣一词夜无眠，好诗浑成销万愁。

云 巢

太湖南岸风景异，云巢参差映湿地。

黛瓦粉墙舟楫轻，晴耕雨读续传奇。

冬 来

冬雨如春润古镇，台榭尽闻闹鹊声。

绿柳香樟百花妍，碧波轻舟锦鲤腾。

邂 逅

子夜独自河畔走，定升桥头遇故旧。

笑谈戏说历历事，万千感慨风配酒。

天 虫

桑田沧海话天虫，嫘祖匠心传神工。

一丝牵动万国朝，鞠躬尽瘁世代颂。

家 园

杏叶落黄，迎我归乡。

青山悠悠，玉泉做伴。

东 湖

乌篷扁舟晃千年，神斧劈画崖连天。

桃源略逊东湖色，陶令若来即成仙。

堤 上 行

东湖运河一堤隔，山水洞桥古今和。

三百花窗叠锦绣，天上人间相去何。

酒 乡

投醪河畔闻琵琶，官渡桥头忆宋家。

善酿香雪醉千古，放翁故里品晚霞。

访 阳 明

夜来冬雨飘古城，圣居何处频相问。

此心但求光明道，褪尽尘俗还天真。

飘 雪

北国春城南湖畔，白雪纷飞路茫茫。

黑松静候之江客，登堂喜遇君子兰。

雪　舞

雪舞风歌闹岁寒，婉转冰河越百川。

长白夜闻虎啸浅，天池蛟龙戏水难。

冬　阳

冬阳煦照帽儿山，云山青松斗志扬。

炫酷总伴民族风，军旅赞歌震天响。

白　堤

冬雨阑珊润白堤，桐叶金黄留秋意。

垂柳纤纤爱春舞，残荷脉脉恋夏季。

大　佛

天姥山梯觅诗痕，隐岳洞前闻道真。

东土大佛非独有，莫及新昌且望尘。

夜　行

银月冉冉架东山，笑看婺城若棋盘。

尖峰翠微兰江近，洞天幽谷遇道长。

月　光

子夜倚剑走深山，俯首皆拾水墨样。

暗香疏影随泉流，琼草玉树遍地黄。

红　糖

顶天立地纳精华，七锅煎熬吐金沙。

暖流千家甜万户，商都传奇扬天下。

雾　州

弁山隐约梦幻里，太湖缥缈遥无际。

华灯咫尺类星辰，湖州瀛洲两依稀。

诗和远方

腹有才华诗自流，指点江山阅神州。

万水千壑梦归处，红尘之外圣贤后。

归 兮

夕阳依依染林川，红霞白雪思远方。

龙嘉匆匆一别过，明月照我赴钱塘。

裸 心

今日裸心游闲林，随波逐流雨清新。

湖山隐约冬雾里，云端伊人雾翩跹。

湖 海

碧波五千万，群山格外憨。

独自一人游，唯见鱼鸟翔。

故　园

夜色阑珊访故园，缤纷雪花落湖漾。

黑杨依然昂首立，白菊温暖满室香。

登黄鹤楼

夜深雪厚爱登楼，鼎立三镇任放收。

龟蛇素裹宜酣眠，江河碧透当击流。

访　友

欲访故友奔武昌，围炉夜话大雪寒。

黄鹤不知何处去，一叶扁舟渡长江。

枫　叶

醉红枫叶染霜天，绚丽人格赋华年。

莫道烈士渐行远，英气浩荡乾坤间。

金　盖

金盖山上觅天真，梅花观前思故人。

品性双修尊道德，清静无为贵精神。

新　昌　行

石城特立天姥奇，大佛庄严护圣地。

调腔悦耳唱古今，唐诗横流天下吟。

泉　城

皓月当空访泉城，大明湖畔沐寒冷。

秋柳诗社玩趣意，超然楼台觅天真。

二　安

初来泉城访二安，前擅婉约后豪放。

千年巾帼才第一，人杰词龙世代传。

圣　山

鬼斧开辟万丈崖，神工造就石树花。

五峰浑成并蒂莲，山河诞生大中华。

神　泉

碧波汹涌何处来，玉珠喷薄震楼台。

千年升腾无休止，惠泽齐鲁东归海。

奇　妙

诗歌古今唤太白，畅游江湖天地开。

莫道太极轻静柔，纵横收放任君裁。

开　化

层峦叠翠浙皖赣，清泉奔腾赴钱塘。

根宫佛国横空出，龙顶昂然傲八方。

永 康

赫灵圣地千年香，五金名都百业旺。

人间方岩举国少，天下永康安万邦。

武 义

仙草遍野人易寿，温泉浩荡客莫愁。

红岩碧湖中国色，寿仙神谷绝无忧。

故 乡 雪

故乡归兮大雪飘，夜访耆阁论儒道。

晨登社姆万象新，翠竹红枫更妖娆。

社 姆 山

风拂玉树万花开，仰望社姆诸峰白。

闲坐孔亭袭禅趣，飞瀑澹澹烟徘徊。

访 胡 公

社姆山顶雪满楼，胡公祠前普度舟。

多少名士从此过，誓将丹心付春秋。

元 旦

瑞雪迎春早，奇峰异树俏。

山色湖光近，钱塘喜新潮。

终南山行

翠　华

秦岭北麓长安南，终南独秀翠华山。

始皇武帝常栖息，福盖周秦佑汉唐。

奇　观

天崩地裂造奇观，冰雪交迫龙池寒。

仙洞幽灵梦太乙，石海茫茫叙沧桑。

雪　遇

终南山顶白雪飘，残峰断崖雄姿娇。

峭壁凌空生绝境，隐者草房乐逍遥。

香　海

江南秘境曰香海，亿万庄严无穷爱。

太虚宝塔瞰人间，善慧之门遍地开。

晨　跑

三九严寒身心暖，铿锵步履奔远方。

莫道运动些小事，气定神闲家国旺。

杭 大 路

杭大路上遇师长，感慨世道笑沧桑。

殷勤嘱托家国情，同频共奏诗远方。

梅 州 行

千年严州府依旧，三国建德唐睦州。

宋峙双塔明筑墙，富春山居江中流。

浙 皖 行

浙皖从来如家亲，杭黄高铁一线牵。

沿途风光无限好，宜诗宜歌舞翩跹。

严 州 府

三江五洲繁华驿，虎踞龙盘车帆急。

千年梅花四季香，满江碧波荡天际。

严州府冬行

建德城东桐庐西，三江浩荡林舍低。

恋爱城南望不尽，富春江畔芳草堤。

半 边 山

麒麟呈祥半边山，静夜畅游蛟龙湾。

遥想徐福东渡时，明月伴海潮依然。

金 海 岸

东海潮起玉龙飞，山雄海阔岸景美。

甬抱台温十八城，秀色浩荡任君醉。

象 山 行

六百岛屿千里岸，渔城良港不老丹。

影视跌宕风云起，妙笔东挥觅华章。

杭 州

独木舟度八千秋，巧匠不断叠锦绣。

江山湖海生灵动，英雄难休戏潮头。

大 寒

大寒时节天微寒，偶遇云雾偶遇阳。

鹊舞灵峰探消息，喜报梅枝苞待放。

苏 堤 行

灵隐寺东孤山西，炊烟袅娜夕阳低。

零星鹊巢倚红树，成群鱼虾逐肥泥。

浮云容易遮望眼，初心依然催奋起。

最爱居士品格高，颠沛流亡香自溢。

东 坡 赞

千古风流苏太守，文章飘逸绝代后。

气贯长虹八万里，才震朝野惊九州。

赞 东 坡

宦海跌宕奔四方，俯首皆拾妙文章。

灵心慧眼识理趣，进退荣辱道自然。

东 坡 肉

诗文书画俱大家，东游西逛专品茶。

精雕细蒸需匠心，佳肴千年传天下。

十 七 度

清泉滚滚涌岛湖，新安江水爱横渡。

腊月冬寒痴心暖，碧波浪尖乐独孤。

屿 北 村

楠溪江畔屿北村，状元进士尚书门。

七星北斗藏玄机，正气浩荡励后生。

石 佛 岩

横空出世石佛岩，峙立楠溪雁荡间。

磅礴形势凭谁造，无欲则刚矗云天。

温 州 行

东瓯山水甲天下，诗词戏剧从此发。

千万儿女好奋斗，古今中外传佳话。

永 嘉 行

隐居何须桃花源，修道未必终南山。

永嘉楠溪天下绝，中国仁寿第一乡。

温　州

秀色倾天下，自古耀芳华。

流金融世界，江海三奇葩。

邂　逅

耕读小院遇应雄，永嘉永康喜相逢。

楠溪华溪东归海，叶适陈亮人中龙。

洞　头　行

岁末年初访洞头，耕海牧渔唱丰收。

金沙逐浪高潮起，临别一步三回首。

琼　浆

稻粱麦果生佳酿，千年神州万里香。

喜怒人生同经历，盛衰家国共悲欢。

贺 新 春

欣逢除夕即立春，农家岁首又谋耕。

黄纸泥牛万千户，敬天谢祖中华人。

望　春

初阳登台会春意，草木渐醒欢鸟啼。

山海湖城雾隐约，新潮澎湃钱塘西。

登 高

春节登峰名北高，古寺洪钟穿云霄。

众人熙熙为何来，期盼心中一抹好。

歌 星

星儿闪亮初登场，万千粉丝尽狂欢。

文娱亦非等闲事，周秦汉唐礼乐邦。

菰 城

战国公子筑菰城，门客三千耀国门。

春申庄园流连醉，楚风吴韵继往圣。

书　法

食古不化难成家，千人一面伤大雅。

糊涂潦草像兽迹，须行正道取大法。

英　雄

儿郎铿锵赴老山，血染边疆回眸望。

试看杜鹃红胜火，忠魂缠绵家国旺。

咏　雨

雨雨雨，天地来回居。

恩泽万物长，秒杀人间虚。

总 理

山河粉碎屡磨难，铁骨柔情堪担当。

万丈深渊何所惧，鲐颜从容德行高。

正 义

苟利家国宅心厚，壮怀激烈疾恶仇。

正义岂有避奸邪，天网恢恢当昂首。

大 将 军

殷勤报国五十秋，英雄本色江海流。

初心饱满苦亦乐，含德之厚茶胜酒。

咏竹三首

一

集枝成帚扫天下，竿筑广厦暖万家。

笋惠国人三千年，妙境自然入诗画。

二

笋尖百日冲云霄，三年成材生富饶。

竹海熏涛沾高洁，绿枝装扮人间俏。

三

清淡高雅不开花，咬定青山去奢华。

雪雨风霜依然翠，冷暖红尘年年发。

咏 农

农农农，万众期盼中。

山川渐复绿，日子别样红。

思 贤

千年道儒双子楼，长江入海却倒流。

当年屈子屡问天，艰难求索志依旧。

好 戏

人间至宝当真爱，如梦似幻心花开。

莫道西风催人瘦，梅柳依然盼春来。

读 书 郎

万卷诗书路漫长，知行合一显担当。

旅学相伴无限好，拭目桃李做栋梁。

修 行

身浮红尘随波游，心向寥廓寂寂修。

渐觉圣凡转念间，清静即将天地兜。

红 船

辱国丧权上百年，群魔狂舞夜难眠。

仁者无数欲图强，壮士多少黄泉见。

书生苦海觅方舟，星空终将曙光现。

红船激起万重浪，澎湃呼啸地翻天。

红　梅

去岁识君傲雪霜，今朝重逢沐熙阳。

蜂蝶恋花倒转舞，暗香随风沁梦乡。

阿　里　行

前程浩瀚任君想，群凤争栖梧桐山。

恰似太极含妙门，动静开合呈万象。

神　拳

善养善战善悟道，诸子百家我独领。

双手空灵泣鬼神，天地随意归无招。

神　话

永嘉太守好神游，天台山赋传千秋。

陶令常抚无弦琴，诗乐伴读爱醉酒。

堪笑东坡频举杯，点滴未沾颤悠悠。

人生妙趣本无穷，太公钓鱼使直钩。

佳　节

清明时节艳阳照，仙湖畅游百花娇。

连绵碧波感祖恩，锦簇浪花谢家宝。

樱　花

晨来漫步樱树下，千枝万朵赛繁华。

疑似天宫剪裁出，偏向人间撒琼花。

故 宫 猫

禁城森森伊最牛，朝堂宫院到处溜。

日养精神夜巡视，参古阅今性灵透。

赞"四力"

脚踏涌泉基层走，锦囊妙计容易求。

万花筒里众生相，慧眼独具能看透。

纷繁世界精思考，从善求是须抖擞。

大道至简笔神奇，金玉良言永不朽。

文化二首

一

家国存亡悬一线，惊天动地红船引。

腥风血雨寻常事，初心饱满换人间。

二

潮流浩荡唯改革，国门开放强中华。

创新必助万事兴，美好共同正出发。

文物三首

一

五千年间海量宝，颠沛流离全球漂。

亿件珍品偶遇见，众多古董九泉闹。

二

隐姓埋名静悄悄，高低贵贱即知晓。

个中自有好消息，盛衰兴亡堪探讨。

三

文物本为大家用，历经沧桑愈玲珑。

盛世稀罕乱时贱，古作今用妙无穷。

非 遗

精工巧匠世代传，行行胜出状元郎。

几多艰辛玉汝成，昨为今用皆大欢。

故宫行三首

一

明清两代紫禁城，红墙高巍金水深。

往事依稀六百年，几度梦幻几度真。

二

前朝殿堂后廷宫，天造地设玄妙同。

百万国宝皆稀贵，无数悲欢笑谈中。

三

寂寞珍宝藏深宫，冰山微角举国动。

重返人间会有时，匠者仁心妙无穷。

晨　遇

料峭春寒和煦照，跃跃新柳霓裳飘。

喋喋鹊鸣催巢暖，抖擞鸳鸯向天嗷。

创　新

昔梦依依难长久，大势汹涌将中流。

前途无非涉险滩，徘徊忽然作沉舟。

守　正

朗朗乾坤藏大道，泱泱中华分外娇。

德养万物五千年，跌宕复兴望今朝。

文

如泣如诉如诗画，替天行道思无涯。

春风作雨润苍生，育人惠民旺国家。

旅

万水千山总不够，翩翩风情乐伴愁。

行路读书终身事，天高地阔快哉游。

融

家国情怀堪担当，人间烟火世代传。

文旅融合正当时，且待美好共分享。

南　山

婺城悠然望南山，仙湖碧波映草堂。

群峰座座藏故事，一江梅溪润钱塘。

春　思

秀林青山杜鹃红，锦溪归暖晃鱼龙。

踏春难舍故人情，旖旎风光伴柏松。

拱　墅

拱宸桥头举目望，南北通津舟楫繁。

湖墅八景醉杭城，天目奇脉露半山。

玫 瑰

花瓶山下月色笼，绽苞怒放略匆匆。

十里传芳春梦好，青枝绿叶皆动容。

琴岛行三首

一

幸福产业瞻马首，文旅和合佳期候。

守正创新征途远，高歌猛进当抖擞。

二

影都酒城四季好，鸥鹭纷飞伴碧涛。

汇泉湾畔遇蜃楼，夕阳扁舟逐道遥。

三

寻仙访友崂山来，他乡遇旧舞徘徊。

欢喜齐鲁多侠士，坐而论道心花开。

嘉　善

人善地嘉接三省，了凡四训传天真。

佳膳十碗进万家，云澜湾畔迎佳人。

温　泉

峰云际会凫溪流，春夜喜雨玉壶漏。

入浴始觉华清妙，梦飞瑶池自在游。

磐　安

人间四月上大盘，青峰五千育三江。

重山杜鹃摇红树，八面村寨沁药香。

江西行二首

一

慕名匡庐寻悠然，三清奇峰欲秀餐。

卧虎藏龙生绝色，天翻地覆忆井冈。

二

云海浩渺唯见天，玉峰初升无人间。

劲松奇石寂无语，沧桑史话亿万年。

绍兴行二首

一

诸侯云集平洪荒，欲图霸业卧尝胆。

曲水流觞修禊事，千年圣贤世代王。

二

山水锦绣唐诗流，运河灵动醉神州。

古都文城朝圣地，千年造化传神奇。

宁　海

霞客独爱从此游，温泉如玉解百忧。

红妆十里女儿泪，万户千家尽珍馐。

天 台

山水灵秀若神话，佛祖道宗千年发。

寒山拾得真趣事，济公义举遍天涯。

大 陈 岛

丹心一片赴大陈，誓将青春报国门。

劫后重生志不渝，喜望今朝梦成真。

出 征

男儿含泪辞校门，手把红旗谢师恩。

宜将初心报家国，不负江山不负身。

青　春

一百年前五四天，滚滚热血祭昏眠。

喜看青春中国色，呼啸澎湃换人间。

爱　情

梁祝往事千古唱，酥手滕酒天下传。

人间真爱看绍兴，一枝一叶欲断肠。

女 英 雄

山河破碎心难安，巾帼有志奔战场。

赴汤蹈火寻常事，龙潭虎穴独自闯。

翘盼凯歌结伉俪，孰料噩耗自天降。

强忍悲痛绣红花，捷报频传过姚江。

珍 重

来日仗剑走天涯，誓将青春济国家。

书生当随凌云志，笑傲江湖任叱咤。

南 八 仙

百业待举建国初，青春踊跃青藏路。

披星戴月探石油，荒凉孤独无所惧。

千城万域索人命，苦寻脱险断归途。

生死未卜绝望时，誓将文档善存储。

江南自古兴盛地，秀山丽水多奇女。

生如夏花烂漫天，去若秋叶润泥土。

喜看沙漠成绿洲，昔日天堑变通途。

八位姑娘人虽逝，芳华依然人间驻。

大 名 鼎

三山五岳谁最妖，山海经书最知晓。

四季八面一字秀，佛仙凡圣迟早到。

一九九九年二首

一

世纪之交那一年，热血沸腾赴和田。

惊心动魄多少事，三杯两盏夸人间。

二

二十年后喜重逢，点滴些许笑谈中。

莫道万里太遥远，大漠昆仑国魂浓。

八八战略

行遍百县十一州，万水千山住心头。

长短优劣岂注定，大略雄才领潮流。

红 船 引

初心难忘替民谋，使命担当誓奋斗。

若将春色寄人间，腥风血雨更抖擞。

父 亲 节

沧桑无言志愈坚，立正脊梁报恩亲。

大爱如山恰似水，无声呼啸润川田。

过宝坻访乡贤

袁黄候我四百年，两朝人士终相见。

津浙虽隔千里远，机缘巧合若比邻。

五载行善万千事，命自我造转念间。

闻过即改人间佛，造福一方天上仙。

宝 地

津门历来宝地多，此中最好近香河。

四百年来香火旺，圣贤兼备只此个。

无 言

那夜遇太岁，今朝入仙瓮。

人间多奇妙，唯恐缘不同。

问 道

孔丘移步潘龙桥，掠燕湖畔欲问道。

智者含笑悄声语，彼只能悟岂可教。

静 观 亭

仲夏夜半踱方步，淙淙玉溪落燕湖。

月影恍惚催鹅眠，静观亭上忆当初。

天 一 阁

天一生水泽江南，东明有志藏书香。

几多帝王将相家，不敌浙东右侍郎。

老 外 滩

千年芳华第一滩，商帮崛起震天响。

悠悠三江济沧海，传奇故事传八方。

子 夜

仲夏夜半独自行，两岸运河风清清。

星月有情照行者，千里蛙声共枕眠。

美 食

从来民以食为天，舌尖相逢乐空前。

无数佳肴联中欧，万人空巷赴盛宴。

争 霸

鼓锣劲鸣催雄起，人牛争霸舞台低。

万千呐喊胜潮涌，奋斗普照嘉禾地。

端 午 节

龙舟竞渡欲飞天，屈子当年共水眠。

解粽遥思圣贤远，浴兰沐芳祭诗仙。

运 河

纤道悠悠接隋唐，垂柳依依迎客欢。

通江达海旺越城，放翁亭畔泪潸潸。

良 渚（一）

脚踏厚土五千年，极目山水湖林田。

玉魂国魄人间稀，横空出世湖海间。

良　渚（二）

世界遗产五十五，独占鳌头唯良渚。

神采奕奕五千年，诗画浙江天下殊。

梅　雨

满地玉珠晶晶跳，各方洪流任逍遥。

草木花鱼皆欢喜，雏鸟振翅试云霄。

校　园

莫道梅季雨水多，草木竞秀花婀娜。

芦林亭亭河丰满，白鹭双双逐清波。

大　雨

晨来读书荷田东，燕掠平湖树葱茏。

夏雨忽然倾盆来，酣畅淋漓偏不动。

琴　歌

轻抚瑶琴天地近，婉转妙音今古亲。

低吟恰似关山月，酣如震雷动九天。

浙 艺 院

艺海茫茫岁月长，荟萃人文济浙江。

初心灿烂苦为乐，桃李岁岁露芬芳。

浙 旅 院

校园风情如诗画，江湖联袂两地跨。

万余师生具匠心，誓将美好传万家。

精品力作

老少喜悦百年传，时代急需好典范。

千个日夜难入眠，横空出世举国欢。

浙 音

西湖钱塘之中央，山水林田国际范。

桃李不言难成蹊，勇立潮头须霓裳。

乐　感

惊涛骇浪廿八年，天翻地覆七十载。

百川归海无穷尽，诗画家国滚滚来。

交　响

百余乐手齐登场，管弦琴笛共鸣放。

众人熙熙靠指挥，群龙无首必乱弹。

野　趣

花烛摇红山，林野闻草香。

茅舍频问道，星月染松冈。

杨　梅

小珠晶晶聚红球，入食酸甜忒可口。

九颗仙果一落腹，津液满腔耀双眸。

文艺创作

文艺当为众生谋，中外古今须看透。

曲高和寡难流传，精品力作必抖擞。

谍　战

腥风血雨上海滩，密波频传抵延安。

苟利解放生死以，愿作春泥伴芬芳。

善 舞 者

夜来沪上品好戏，方觉舞蹈颇妙奇。

举手投足魂魄飞，一颦一笑风波起。

VR

闲庭端坐观虚拟，触目惊心忒神奇。

人间万物全可有，生死幻灭无边际。

神 仙 果

三月花海白如雪，千年往事范湖月。

琥珀琼浆本色好，天下桃李第一绝。

旅 拍

中外大咖聚杭城，华为神器悦达人。

万千风情慧眼顾，方寸镜头锁乾坤。

名 湖

浙北有湖名凤凰，天生丽质难一般。

碧空明镜映花树，阑珊夜色倾城欢。

晨 来（一）

晨来行吟初阳暖，新风拂面自然香。

远山妩媚略粉黛，红叶一片落玉泉。

晨 来（二）

林雾婀娜四周起，千树万树欲迷离。

雨落蕉叶绿珠滑，自在云雀天外啼。

晨 来（三）

今日偷闲入绿林，众鸟腾欢舞翩跹。

山外山前留真爱，白鹭脉脉守红莲。

吾 之 心

人生百余年，笑傲天地间。

好诗三千首，伴君逍遥游。

送 将 军

今日幸会黄将军，梧桐之乡诉衷情。

但愿雄风今犹在，司马台上秋点兵。

神 仙 居

千年仙居今日游，神山佳水天下秀。

欲问大士缘何留，此处最宜大道修。

黄山日出

人间始语君临东，众山红映见峥嵘。

狮峰足下诸松劲，蓬莱隐约北海中。

黄山傍晚

清凉台上暮色涌，峰兀云飞太平颂。

礼客奇松真壮士，笑傲江海总从容。

方 岩 山

万年方岩千载香，只因胡公生我乡。

公卿当为民造福，不修功德何来康。

海葵台风

壬辰立秋风雨狂，龙王登陆乾坤转。

人间自有神功力，劫后桐乡更盎然。

湘 家 荡

湘家荡里仰天游，燕飞鱼跃夕阳悠。

明月有情照古寺，塔吊碌碌写春秋。

好 地 方

门前大江向东流，屋后凤凰山色悠。

隔岸灯火长龙舞，晨晓鸟鸣仙乐奏。

香 海 行

众伴同行访香海，贤宗有志夙愿栽。

康熙难料百年后，光耀佛门从此开。

望 山 月

七月十六登百望,双龙洞前访仙山。

稀星皓月银光罩,遥忆初平采药还。

赴欧途中

漫长旅途琼宇走,激情灵感心中留。

此番西游别无事,但愿能将真经求。

巴黎之行

夜宿旋门望香街,百年规划未曾懈。

塞河两岸千秋景,圣母院里与神别。

马塞城堡

卢瓦河畔多城堡，自古权贵争筑巢。

客居希农马塞村，犹忆秦时长城谣。

访黎塞留

一代强人黎塞留，君臣同心将城修。

乌镇黎市姐妹情，中法友谊天地久。

博纳迎客

千里跋涉奔博纳，缘起人文与酒家。

敦敦旧城古融今，朦胧烟雨诗配画。

下榻丽赛普

博纳中央丽赛普，古香雅色客恋驻。

百年雄柳冬飘叶，厅堂壁炉暖心舒。

博 纳 城

脉脉青山古城丘，潺潺玉水千年流。

主宫往事颂博爱，夜半今人始闲悠。

博 纳 酒

小城美名扬天下，受益葡萄庄园家。

世人神往接踵来，醉里还将美酒夸。

法 国 红

金果蔓枝连天涯，田园遍布千万家。

强国富民首立功，战场屡传酒神话。

家 思

故乡隔万里，夜半星辰稀。

娇儿梦中语，何日是归期。

山 湖 景

阿尔卑斯气势雄，云海隐约层峦中。

夕照雪峰分外娇，湖映国色多玲珑。

古 城 景

雄山秀湖古城堡，修水流经中央岛。

小桥流水乌镇同，圣诞集市万众闹。

客 夜 行

浪拍坡岸澈见底，湖上夜半天鹅戏。

松柏枝头鸟爱留，隔岸渔火似龙游。

雪 山 行

勃朗峰下夏莫尼，九仞雪山四周起。

教堂钟声催暮色，游人迟迟不归去。

途经伊瓦尔村（一）

莱蒙湖畔公爵堡，八百年前令人骄。

古树古墙古石径，天鹅鸳鸯野鸭叫。

途经伊瓦尔村（二）

蓝天蓝水蓝山川，白云白雪白鸥鸟。

村落虽小游人多，彼岸洛桑朝客笑。

依 云 曲

千里神山南依靠，浩渺圣湖北临照。

比邻洛桑十万家，小城圣水天下宝。

阿尔卑斯山

周围几千里，多处聚宝地。

大河从此发，缠绵五国家。

依云之晨

澄湖悄悄静如画，白山沉深佑人家。

鸥舞瓦顶催客醒，霞红万千兆年华。

别 依 云

名城佳韵天下美，绝色湖山催人醉。

蜃楼海市寻常景，信誓生年君再回。

瑞士途中

沃土万顷绿如茵，缓坡牛羊疑似云。

雪山万丈平地起，鹰击长空抒豪情。

罗滕堡之夜

圣诞闹市灯如昼，夜半挑灯话感受。

诸君归国同努力，今晚瑞雪兆丰收。

龙 年 雪

嘉禾大地瑞雪飘，松竹傲立茶花俏。

桐乡天空红旗猎，万众抖擞催捷报。

博鳌迎新

星点渔火闪博鳌，玉带湾里观雪涛。

海的故事迎新年，龙滚河畔传捷报。

育王山景

凤鸣翠谷人易醉，一览江湖玉帝归。

八卦田里御亲耕，天真能换福星随。

遇 知 音

风雪兼程赴北京，创业路上攀乡亲。

殊途同归思报国，相见恨晚师友情。

婺源途中

晨起桐乡赴赣东，古道今修利交通。

粉墙黛瓦乃本色，翠竹香樟沐春风。

篁 岭 行

碧水青山地金黄，枫杉参天岁月长。

赏景台地望梯田，明清府第觅宰相。

德 兴 行

二十年后返铜都，故交新朋惜相聚。

泊水伴城流依旧，山巅名塔映凤湖。

登长城

司马台上望京楼，华都水镇各锦绣。

龙凤双泉悟冷暖，杏花夕阳笑春秋。

赞桐乡人

万里长城司马台，八千神兵自天来。

桐乡儿女多智勇，敢为首都增新彩。

夜　思

夜宿密云古北口，星繁天近月如钩。

铁城横亘塞内外，孰能评说攻或守。

游 古 镇

昨夜秋风入水都，皓月伴泳司马湖。

晨起畅游略大美，日照长城映碧波。

台 儿 庄

历朝盛世繁华地，二战国弱沦废墟。

古城新颜复兴路，南来北往寻梦人。

赞 临 沂

书圣名相同故乡，千年水城文化邦。

商都大美十年功，物流天下四海扬。

访 吴 蓬

癸巳仲夏赴南浔，蓬岚府第觅古音。

墨竹枝叶情意切，白雪斋主德艺馨。

盐 官 行

古城旧府今来游，神庙机玄阅春秋。

阁老府第鉴三宝，书剑妙笔录恩仇。

海 宁 潮

占鳌塔闻战鼓喧，劲旅云涌立君前。

迅雷万钧杀敌去，孰料凯旋即当天。

时 代 潮

天下奇观千古颂，只为钱塘大不同。

一方水土一方神，猛进如潮之江人。

赴美考察

彼岸万里从兹发，远渡重洋学"四化"。

天道酬勤赐真经，苏杭中央见奇葩。

忆 母 校

辞美归来八年整，几回梦里沐师恩。

疾风厚雪剑伴书，密湖唱游思乡人。

望 星 空

云雾千万重，夕阳一线红。

游子飞万里，星月仍当空。

空中早晨

苍穹清澈天如洗，白云似雪厚无迹。

道光万丈耀宙宇，如如不动人皈依。

好 莱 坞

小镇美名扬天下，多少巨星和大家。

横空出世编传奇，名利兼收造神话。

南本德市

风清日丽蓝天高，森林如织栖飞鸟。

绿湖联珠缀大地，城乡随处闻微笑。

阿尔卡特市

阿尔卡特商务行，房车之都来相亲。

车遂人愿百年路，道法自然万事兴。

纽约感怀

摩天大楼耸云端，天下财富聚一方。

悲欢离合寻常事，如梦似幻走过场。

大 瀑 布

碧波汹涌自天来，巨雷阵阵云雾开。

朝阳骤雨澎湃浪，少女信舟赴西海。

大 风 景

天梯塔顶观天下，沃土万顷连天涯。

一条大河分彼此，殊途同归美与加。

滑铁卢市

加国亦有滑铁卢，名校名品人羡慕。

海德堡里话收获，原始村落购礼物。

东京印象

国际名都彩光溢，路上行人步履急。

惊叹汉风今犹在，清酒三杯表谢意。

富 士 山

夜宿日本河口湖，温泉迎客游人舒。

晨起风吹浓雾散，圣岳雄姿傲万物。

三 国 行

纵横六万里，三国各东西。

五都又五市，考察最经济。

唐 山 人

三十七年忆犹新，人亡城殇世界惊。

百折不挠贵精神，凤凰涅槃风雨行。

迁 安 行

县城建设美如画，气势恢宏大规划。

万物皆随理念转，创新驱动传佳话。

海河夜色

众伴同行海河游，夜色阑珊多锦绣。

天翻地覆今胜昔，治水功德惠千秋。

天津麻花

十八街里麻花馆，美食文化客人赞。

津门百年称首绝，国内海外万里香。

赞科尔沁

英雄部落八百年，坚韧不拔历代英。

一往无前何所惧，稳健豪迈奏新篇。

赞孝庄皇后

百年王朝第一后，丰功伟业后人留。

德慧济清辅二帝，盛世奠基柱中流。

三 地 行

有幸冀津蒙地游，一路感想驻心头。

好快有时难兼得，缓急轻重君知否。

送 新 兵

中国梦里奔军营，驰骋沙场意志坚。

建功立业儿本色，捷报频传乐乡亲。

渔 家 傲

石浦渔港风雨游，象山座座南北候。

随波逐浪鱼龙乐，红云簇簇迎中秋。

过 大 桥

虹彩横卧碧海中，水天山色大不同。

圣凡隔岸分彼此，人生如桥善始终。

装甲巡海

风吹巨浪岸上走，装甲横渡海里游。

科技强军中国梦，惊杀东海龙王愁。

中秋前夕

月照狮山清，风吹湖水灵。

弹指二十年，游子回罗店。

贺 佳 节

亲朋好友齐聚首，双龙湖畔贺中秋。

清风明月君子心，历久弥新乃真友。

好 客 来

晨闻喜鹊枝头闹，夜遇贵客陆续到。

闲坐钓台茶胜酒，月照泳池君子游。

海 景 房

东伏神龟拜朝阳，金银二岛坐南方。

夕阳西斜见红海，北山陡峭势万丈。

崂 山 行

海上名山数第一，太清宫里存遗迹。

悠然杏柏越千年，道法自然觅神奇。

获奖感怀

金秋群英会青岛，廿年衷心结友好。

一枝一叶军地情，再立新功看今朝。

梦 神 牛

国庆读罢逍遥游，夜来梦里遇神牛。

风驰电掣天地间，德丰道厚乐无忧。

好 友 会

金秋佳节武义游，稻黄桂香客满楼。

温泉唐风涤红尘，溪畔茶楼话禅修。

访 沈 家

八素山深觅人家，樟柏丛林牛羊马。

明清遗风犹可追，太公趣事传佳话。

山居美食

乡茶土蜜沁心脾，薯芋苞谷香自溢。

鸡鱼山珍炭煨炖，蜂酒一碗壮神气。

源 口 湖

夕阳金辉映碧湖，凤鸣山涧传幽谷。

刘秀垄上多奇峰，明月淡雾仙人路。

航 迹

南海神舟井冈山，亚丁湾里曾护航。

载得八千真壮士，劈波斩浪保国康。

岭 南 行

千里寻友赴湛江，鱼跃人欢北部湾。

厚云遮日迎客泳，软泥缠绵思故乡。

湖 光 崖

玛珥湖畔榕树风，船木客栈椰汁浓。

十万年前天地崩，龙鱼神龟伴杉松。

南 山 寺

化州地偏寺闻名，万千信众念佛声。

法师慈悲立宏愿，苦海普度十方人。

唐诗之路

道义佛趣山水中，欲追魏晋复从容。

数百唐人万篇诗，妙句横流赞浙东。

风　度

魏晋名士尚风流，依山枕水配药酒。

清谈几乎家国事，归去来兮吟乡愁。

游泳诗四十九首

泳 痴

吾非池中物，江海是我家。

碧波荡初心，骇浪逐天涯。

旭日催苏醒，红月耀芳华。

浮生独爱水，岂图红尘发。

逍 遥 游

南龙大脉隐秀湖，百里森林游人疏。

浮波遥看苍穹净，低吟浅唱忘归途。

泳 之 乐

闲暇独爱逐水游，碧波浪尖度春秋。

晨观日出暮赏霞，窃喜月悬紫竹楼。

大梅沙夜泳

大梅沙滩寻海欢，星火摇红浮香江。

明月有情偏爱我，碧波连天鸥驰翔。

泳　趣

浩荡巨湖任我游，重山叠翠望不透。

卧波常闻鸟私语，潜泳偶遇龟蛇走。

又　泳

日行千里归浙东，杜鹃山邀我畅泳。

波映红霞沁草香，虫鸣涧溪泉润松。

春泳八首

一

红日归隐弁山后，晚霞醉染乌程酒。

雏鸭细啼觅巢归，白鱼簇拥任客游。

二

好雨逢春落湖漾，玉珠万千沐绿蓝。

杜鹃斗妍山更青，轻雾袅娜赛霓裳。

三

踏青时节鹿湖泳，仙宫隐约接苍穹。

风雨雷电寻常事，云山雾罩八面空。

四

谷雨时节万物长，蛙鸣雀舞游蓝湾。

欲问奇香何处觅，玉笋勃发冲云端。

五

夹岸山花惹人开，林舍喜鹊歌徘徊。

陶令何须恋桃源，碧波浪尖观蜃海。

六

夜色朦胧游岛湖，彼岸群山齐惠顾。

爱听舟篷春雨急，蛙蛇喜迎归家路。

七

红日喷薄击水渡，白鹭争鸣闹翠谷。

青春爱染英雄色，飞花漫天爆劲舞。

八

暖风拂面逐浪游，卧望夕阳垂山丘。

樱花羞涩海棠红，回眸银月恋岸柳。

雨　泳

夏雨倾盆落杭州，优哉如来大江游。

吾生真爱山水乐，自在从容清静柔。

歌　泳

旭照野滩浪微微，躺卧碧波人易醉。

好歌满怀须酣唱，佳句偶拾含笑归。

月　泳

一月三星缀苍穹，银湖遨游赛仙宫。

萤光渔火赐禅意，弁山缥缈似游龙。

飘

仰卧桨板望清空，崇山夕照隐九龙。

爱听猿啼催归巢，翻身扑通逐浪泳。

太 禾

太禾山麓秘湖藏，芳草绿林鸟语欢。

银月总爱伴我泳，鲤鱼忽然跃背上。

巨 湖 泳

巨湖水深数百丈，三面环山东朝阳。

大鱼款款伴我泳，雄鹰猎猎任翱翔。

夕 泳

银月染山川，秋波碧水寒。

星闪苍穹近，渔火催归航。

秋 泳

天高云淡风雨后，绿水青山喜爱秋。

游遍江南清丽地，人生最宜来湖州。

春泳所见

袅袅轻雾山涧来，微微碧波两无猜。

春归人间总是好，繁花朵朵为谁开。

喜 相 逢

时隔三年喜相逢，彩云红霞梦幻中。

丽水盈湖蓝做伴，弯月悄然带清风。

安吉春泳

安且吉兮潘乐坞，春风故意弄玉波。

偶遇杜鹃三两枝，仰望翠微漫山坡。

六 一

欲寻童趣觅水游，鱼跃鸟飞虾优游。

出水忽闻箫笛声，天上人间可知否。

清 风 泳

温馨碧波来，青山笑排开。

月照天蝠舞，清风访楼台。

山间泳乐

古村幽幽唐榧树，巨岩如珠映秀湖。

蝌蚪款款迎客泳，山雀砰然花间出。

水 娘

一日三秋访水娘，倾湖碧波相见欢。

静清自在润万物，动辄跌宕变沧桑。

初阳海泳

初阳喷薄耀碧空，鸥戏清波浪万重。

蓬莱隐约彼岸近，叱咤黄海乐无穷。

冬 海 泳

大沙岙里爱跳海，明月初阳惊涛骇。

遥望群岛似瀛洲，仙叠岩上观自在。

雪 泳

轻雾袅娜锁寒江，白雪茫茫盖两岸。

中华儿女竞豪迈，劈波斩浪赴前方。

冬　泳

碧湖微寒夕阳暖，极目远山心花放。

层林红染新岁近，苍穹仰望一色蓝。

晚　秋

柳影婆娑凤池凉，秋风缠绵皱细浪。

星月多情伴我泳，蝉蛙夜半为谁唱。

秋　泳

夕阳依依别杨湾，秋风徐徐递清凉。

青山劝我纵情游，东坡湖上宜放浪。

仙　泳

浮卧仰望月当空，星云际会渡从容。

若非林野虫声起，疑似道仙游琼宫。

友　泳

碧天如洗水似烟，邀得湘兄共水眠。

笑眉遥看鹭渐远，潜观人鱼舞翩跹。

乡　泳

白洋荡里逐水游，天低云淡碧绿洲。

仙鹭万千唱仁和，波上乡人乐悠悠。

金 华 泳

中元时节金华游，夜光山色清如昼。

镜湖圣水涤凡尘，夜访三清愿真求。

龙 游 泳

今日返乡过官潭，故友邀游水中央。

龙山虎水绝佳景，春风沐面又暖阳。

依 云 泳

星垂碧穹月如钩，客飘依云水中游。

彼岸洛市红胜火，浪里痴人心如旧。

板劈山湖泳

灵山秀景映碧水，雀跃蝈鸣君欲醉。

平生得意莫如此，天人合一不忍归。

莫愁湖夜泳

人如蛟龙游，蛙鸣山更幽。

夜鸟伴客舞，星云逐波流。

月下独泳

游泳夜半后，月色亮如昼。

岸风送稻香，山雾知浅秋。

浪 条

圣莫尼卡海滩闹，沙山朦胧夕阳照。

惊涛骇浪等闲事，太平洋里伊人笑。

老 家 泳

中秋佳节东阳归，邀朋同游浪湖水。

夕阳映塔南山远，东西北山劲鸟飞。

雷 电 泳

电闪雷鸣秋风急，骤雨袭湖玉珠密。

近山隐约千里远，蛟龙戏水无可敌。

海 浪 泳

碧浪滔天自东来，弄潮人家乐开怀。

披荆斩棘我本色，激情豪迈斗黄海。

密歇根湖

浩渺碧波客易醉，点点白帆不忍归。

鸥鹭翩翩为君舞，此地一游终不悔。

长诗《新疆行》

新 疆 行

神州大美数新疆，山河锦绣胜苏杭。

历久弥新西北情，大漠昆仑觅初心。

戊戌盛夏三伏天，闻鸡起舞欲远行。

亲朋好友十八人，满怀憧憬机场奔。

台风安比迟天到，航班幸好未取消。

当今交通甚发达，万里迢迢一日跨。

首站抵达库尔勒，梨城美名香天下。

石油工人需盛赞，战天斗地为国家。

头顶天山鹅毛雪，面对戈壁大风沙。

中华儿女多奇志，北乌南库传佳话。

瀚海沙漠生明珠，博斯腾湖美如画。

烟波浩渺水天色，芦苇荡里缀莲花。

雪色湖光绿洲青，奇禽异兽共生发。

夜半孔雀河畔走，潺潺瀑布成涓流。

光影婆娑星月近，夹岸华灯长龙游。

世外桃源阿不旦，村寨珠落塔河畔。

独木舟载罗布人，世世代代未变迁。

安贫乐道淡者寿，千年丝路万年杨。

马不停蹄往南行，巍峨昆仑若隐现。

玉龙喀什河水清，白杨亭亭迎嘉宾。

阔别多年刮目看，和田城乡大变样。

高楼林立彩旗飘，各族人民齐欢笑。

大街小巷美食丰，人来人往市场闹。

子玉温润如旧友，麦西来甫伴美酒。

清晨市民跳排舞，夜来聚会品乌苏。

墨玉大桥夕阳照，一草一木皆美好。

时过境迁十六年，物是人非故人情。

防暴维稳冲一线，民族团结心手牵。

荒漠深处雪水冰，劈波斩浪意志坚。

犹记那年暴雪寒，勇者何惧水中央。

回眸三年援疆路，千锤百炼铁魂铸。

大漠风沙激豪情，高山雪域壮雄心。

日行千里穿塔干，大漠孤烟来相伴。

沙天一色望无际，雄鹰偶掠苍穹里。

漫漫沙丘极荒凉，惊喜红柳随胡杨。

艰难困苦玉汝成，绝望尽头遇希望。

狂沙飞天龟兹城，电闪雷鸣犒客人。

暴风骤雨洗尘劳，皓月当空照前程。

拜城东南千佛洞，洞窟千年断岩中。

悬崖峭壁闻大法，美轮美奂传壁画。

克孜利亚大峡谷，雅丹魔城鬼神附。

风刻雨蚀亿万年，千奇百怪天下殊。

阳光照耀如火焰，雄奇险峻神秘静。

雪里云杉百千重，万年湖泊圣山中。

风吹浪涌龙池寒，激流勇进且从容。

一路风尘到和静，绝美风光展眼前。

波澜壮阔草原美，牛羊成群水草鲜。

天鹅家园爱心满，开都河水源流长。

九曲十八弯不尽，无限风光倾心赏。

河谷秘境那拉提，气质颜值世界稀。

万紫千红草花香，清泉秀林瞥幽兰。

邂逅骏马芳草地，纵横驰骋欲迷离。

独库公路天下奇，最美最险三百里。

激流峻岭奇观多，一日尽情览四季。

英雄筑就丰碑路，往日天堑变通途。

今朝有幸天路走，烦恼殆尽从此后。

人间瑶池居天山，古往今来赞不断。

湖水清澈似晶玉，野花似锦分外香。

云杉苍翠漫山岭，塔松挺拔插云间。

南山望雪西山松，定海神针夙愿同。

二道桥逛大巴扎，重现丝路竞繁华。

西域文化民族风，商品畅通中西亚。

只恨时光太匆匆，转眼又归大江东。

杭城道别各自走，临别依依难挥手。

但愿来年喜相逢，重返新疆乐优游。

长诗《三国行》

三 国 行

公元二〇一八年，春回大地万象新。

一带一路劲风吹，浙江理当走在前。

政金企界三十人，满怀豪情出国门。

航班先从浦东发，欧亚万里来横跨。

夜深人静太空望，天上人间不一般。

朗朗银月挂苍穹，乱云飞渡却从容。

寂寥星辰频闪耀，遥望东方露艳红。

途经莫斯科上空，鸟瞰风景略凝重。

火龙银蛇竞相舞，无愧俄国大京都。

万家灯火粉橙色，森林城市棋盘布。

首站到访以色列，犹太民族颇神秘。

地中海东约旦西，戈兰高地从北起。

版图虽小实力强，科技强国势难挡。

特拉维夫大都会，海阔岸美夕阳醉。

休闲时尚国际范，市民运动健身忙。

海法风景似油画，港口城市大家夸。

创新创业氛围浓，空中花园乃奇葩。

雅法四千年依旧，芳草斗妍嘉宾留。

碧海眺望千万里，挪亚方舟何处觅。

路过基布兹一游，椰枣如海喜丰收。

大屠杀馆史为鉴，穷凶极恶纳粹兵。

五百万人遭杀戮，最怜百万是童真。

曾记那城那夜会，清茶一杯诉心声。

指望吾辈多奋斗，创新驱动湖州城。

辞别以国赴希腊，三千岛屿筑国家。

西方文明策源地，五千年前奇迹发。

东西南面朝大海，流连忘返心花开。

爱琴海域多靥景，百米深处观龙游。

古国人民擅思考，口若悬河话滔滔。

男女老少忙休闲，极简慢来乐逍遥。

莫斯科郊外晚上，深林厚雪路茫茫。

乡村风光无限好，烈酒烤肉伴面包。

中俄友谊江水长，载歌载舞不愿散。

子夜乘兴红场游，万千赭红石铺就。

克里姆林红墙重，多少秘密隐其中。

披星戴月往前走，凌晨归来吴淞口。

考察前后历七日，他山之石可借鉴。

世界潮流势浩荡，改革开放路漫长。

诸君雄起担大义，圆梦中华著华章。

凤凰涅槃会有时，重游三国齐歌唱。

在山水中常驻真心

——白甫易山水诗赏读

卢 山

　　江南佳丽地，湖山多奇士，这片土地自古以来文脉流长，诗篇荟萃。汇聚天地之灵气，山水是最好的老师，我们在山水的教育和滋养中，或者低吟浅唱，或者翻山越岭，逐渐完成一个完满的尘世。

　　诗歌可以吐纳天地之气，它往往是我们行走湖山的通行证。白甫易是典型的山水行吟诗人，天性喜好诗文、山水，加上职业的关系，他走南闯北，纵横山河，在大海里畅游，在云端漫步，极尽李白式"一生好入名山游"之潇洒与辽阔。他的诗歌几乎都是"在路上"的产物，或登高望远，或弄潮浪尖，或漫步乡野，或纵横天涯……他脚步丈量的大地几乎是一幅行吟游历的履历表。正如《高铁》描述："日行千里越从容，饱览河山笑谈中。南疆白雪染湖海，北国艳阳照碧空。""读万卷书，行万里路"自古以来都是读书人梦寐以求的人生状态，白甫易近似当代徐霞客，坐拥山水，驰骋江湖，纵横诗文，实乃第一等快活之人。

白甫易的诗歌率性而发，自然而为，在山水中常住真心，兴致所至，多以七言入诗，形神兼具，通灵活泼，触及山水之魂魄真谛。这样的诗歌没有矫揉造作之感，多了些山水芬芳。他写《西湖》："天下山水难胜数，千年偏爱西子湖。无非自古繁华地，更兼诗家白与苏。"诗歌没有犬牙交错艰涩之感，全诗气韵通畅，一气呵成，朗朗上口，意味无穷。

西湖之美，在于山水与人文融合之美，"西湖十景"让人留恋之处不正是遍布白居易、苏东坡乃至苏小小的足迹吗？西湖之畔处处是活生生的中国文学史。白居易慨然写下"未能抛得杭州去，一半勾留是此湖"，苏东坡深情表白"天下西湖三十六，就中最好是杭州"，足见西湖在中国山水文学上的地位。"无非自古繁华地，更兼诗家白与苏"，白甫易在诗中向脚下的这片山水和心中的诗神致敬，流露真诚的赤子情怀。

"金龟易酒爱太白，绝句成双天下慕"（《贺公堤》），历史的洪流和岁月浮沉中，能有几人揽这一片山水入怀，赚得湖山间的白苏之名？又有谁能将衣袖一挥，翩然离去，"忍把浮名，换了浅斟低唱"？到底是西湖成就了白苏之名，还是白苏成就了西湖之美？湖山此地曾埋玉，江南的这片山水，自古以来似乎都是文人墨客的终极向往和归宿。只是时至今天，这湖山之间忽然填满五花八门的网红直播和"到此一游"，不知诗僧名伶们做何感想。白甫易对脚下的这片大好河山是极其敬畏的，那是他作为一个读书人心中的一片盛夏的绿荫，一个午夜安眠的枕头。"天堂人间须鉴别，彼尚清净此热闹"（《登高》），这莽莽苍苍的人世，湖畔多了一个游客不值得欢喜，少了一个诗人却是遗憾。

能在湖山之间自由漫步、呼吸的人是有福的，能将天地之美、湖山之胜糅进诗歌里的人是有福的。白甫易的诗歌有一部分是记录生活中的感官之美和瞬间哲思，生活气息和哲学深度水乳交融。他写《雨后》："好雨当春万象新，燕舞鹊歌闹绿林。窗外垄上晶晶珠，泥香忽然入床来。"当年苏东坡曾酒后漫步西子湖畔，将小酒壶扔入湖心，登上望湖楼醉书，"黑云翻墨未遮山，白雨跳珠乱入船。卷地风来忽吹散，望湖楼下水如天"，我们只看到诗人醉后的西湖胜景，却没看到他内心的遗憾："我本无家更安往，故乡无此好湖山。"

万物吐翠，泥香弥漫，身为江浙人的白甫易登上宝石山，极目远眺，揽胜入怀，江南绮丽之梦在眼前蔓延、铺展，遥想暮色降临，大地烟云四起，泥香忽然入床来。他写湖上泛舟，"玉带婉转勾湖海，万千华灯摇红火"（《泛舟》），湖山秀丽如玉带，夜幕下的华灯初上，江南参差十万人家，在白甫易的笔下复活了一个繁华的江南文化之梦。他写乡野之行，"竹林溪畔鸭戏暖，谁家喜鹊唱云天"（《垄上行》），"深闻山泉气渐重，疑似蜂蝶常徘徊"（《茶香》），诗行里莺歌燕舞，热闹非凡，活脱脱一幅生动的田园画卷。

"柳絮纷飞落花雨，犹记金农归钱塘。"（《有感》）江南的这片湖山是白甫易的诗歌大本营和根据地，当然，他诗歌的触角和脚步已经遍布中华山川大河，那里的每一座山每一条河都是他抒写的对象，全方位地展示中华山水之胜、文化之浩瀚。"瀚海沙漠生明珠，博斯腾湖美如画""大漠风沙激豪情，高山雪域壮雄心。日行千里穿塔干，大漠孤烟来相伴"……他的长诗《新疆行》洋洋洒洒数十行，立体式地展示了一个江南游子初入北疆的情感认知和西北壮丽的景观风情。当然，他诗歌的笔力甚至延展到欧美等地，早年的留学生涯和出访经历都能从他的诗歌里找到精神印记。其他书写异域风情、地方特色的诗歌也是不胜枚举。

除了这些极具江南特色的诗歌之外，白甫易还写了诸多风格独特的关于游泳主题的作品。明末散文家张岱说"人无癖不可与交，以其无深情也；人无痴不可与交，以其无真气也"。张岱、李渔、袁枚是我心目中最具生活品质的三位古代诗人，当然，这里面也要加上李白、白居易、苏东坡诸兄，他们不囿于流俗，忘乎所以，性情洒脱，怡然自得。

诗人白甫易爱读书、爱运动、爱大自然，他曾将一首《自画像》发给我："白甫易，号江南弱书生，本性天真，喜山水，爱读书，好天问，游历东西，略通古今，开创新唐诗派，矢志文化复兴。"这是他的真实写照，虽不乏自嘲揶揄之意，但心中志趣可见一斑。白甫易爱写诗，更爱游泳。他甚至可以称为一个"泳痴"。自古以来中国读书人不乏生活情趣与文化理想兼具者。苏东坡贪吃红烧肉，也不妨碍他修建苏堤的文治武功，成为"千年几多好太守"（《苏公堤》）；想当年辛弃疾醉后狂书"昨夜松边醉倒，问松我醉何如。只疑松动要来扶。以手推松曰去"，大英雄此刻也是顽童，诗人之真性情可见一斑。谈到张岱所谓的"癖好"，除游历和诗文之外，白甫易酷爱游泳，尤其是野游，游泳技艺冠绝众人。

"浮波遥看苍穹净，低吟浅唱望归途"（《逍遥游》），白甫易坦言他可以在湖海之中连续数小时翻滚逐浪，娴熟做出多种高难度动作，极尽安然之态，尽显可爱之趣。他说世上最好的运动就是游泳，不仅身体得到全方位的锻炼，心灵也能受到彻底的洗礼。

将肉体凡胎投入陌生的江河湖海，是需要一定的勇气的，也是对其极致的信任。他每次跳进江河湖海之后，总是要像赤子一般和这片水域做一次简短又深刻的"交流"，仿佛孩童回到亲爱的母体。我相信他在那一刻已经放下了所有的身外之物，像一个正在母亲身边祈祷的孩子，期望能够得到允许，让他尽情"撒欢"在水的怀抱。将沉重的肉身投入江河，打开年久失修的身体，邀请湖水流淌进每一个细胞和每一根血管，让湖光山色对灵魂进行一次次洗礼和按摩。上善若水，智者乐水。他曾说过，游泳时是灵感最丰富的时候，头脑中天地旋转，乾坤只是一念之间；忽然又万籁俱寂，身心安然，仿佛得到湖山神祇的佑护。

可以说，游泳是白甫易最能呈现生命"真我"和诗歌的"得道"的方式。多年的逐浪经历，他笔下的游泳主题诗歌不下百首，这一首"闲暇独爱逐水游，碧波浪尖度春秋。晨观日出暮赏霞，窃喜月悬紫竹楼"（《泳之乐》）是他"浪里白条"生活的真实写照与个人宣言。当然《泳痴》一定是他对游泳的真情表白之作："吾非池中物，江海是我家。碧波荡初心，骇浪逐天涯。旭日催苏醒，红月耀芳华。浮生独爱水，岂图红尘发。"好一个"浮生独爱水"的赤子情怀啊！

诸如"吴家渡口宜畅泳，且诗且歌赴桃源"（《渡江》），"南龙大脉隐秀湖，百里森林游人疏。浮波遥看苍穹净，低吟浅唱忘归途"（《逍遥游》）……这些江河与江河、湖海和湖海之间的碰撞，浪花飞溅，文思泉涌，精彩纷呈。夕泳、夜泳、春泳、秋泳、雷电泳、巨湖泳……"碧波浪尖度春秋"的白甫易，如同婴儿回到母体，蛟龙游进大海，那应该是他最自由活脱、最极致放松的大道时刻。

康德说，两件事让他凝神静气地敬畏：头顶的星空和心中的道德律。唯有亲近自然、关爱人间的人，才会获得缪斯的青睐，才会拥有酒神的才情。对生活关注，对自然热爱。我们要真正向湖山俯首称臣，融入我们的爱与虔诚，才能写出天然之作，活出潇洒真我。"天门一长啸，万里清风来"，湖山的气流涌动，滋养我们的一生。我们在山水里的修行，在文字里的跋涉，最终都会呈现在精神的面貌和内在的气韵上。虽然"号江南弱书生，本性天真"，但是在湖山和诗歌的滋养下，白甫易和善、清雅、俊秀，呈现的气质也是山清水秀，天朗气清。

中国古典诗歌是中华文化的瑰宝，具备强大的文化向心力，也是新诗的源头。无论是古体诗歌还是现代诗，它们以这么神奇、神性的诗意力量，打通现象与内心、维系美好与信心，联结生命与信念，关乎虚无与友爱。白甫易常以读书人自省，他说读书人要有文化担当，正所谓"大道至简，唯有担当"，努力追求"虽千万人吾往矣"的精神境界。诗人向古典汲取营养，借助静穆和清新的话语表达，以此消解当下生存带来的孤独与癫狂，试图恢复和展示中华文学的伟大传统。他是一个彻底的理想主义者，更是一个坚定的实践执行者。

诗即人格。山水中见真情，山水中现真心。"远山妩媚略粉黛，红叶一片落玉泉"（《晨来》），白甫易与湖山为友，畅游天地，吐纳星辰，湖山的气流必然在诗人的身体里酝酿和发酵出江南的风云和气象。诗人，有福了。

大地辽阔，风起云涌。诗人，向着心中的那片山水，且赶路。

卢山，青年诗人，文学硕士，浙江省作协全委会委员。近年来在《青年作家》《北京文学》《诗歌月刊》《星星》《飞天》《滇池》等发表作品若干，部分作品入选各类诗歌选本等。《野火诗丛》《新湖畔诗选》主编（合编），出版诗集《三十岁》。